D1326068

Le grand voyage
de Titus

Texte de Jacques Pinson.
Illustrations de Peter Bowman.

Editions
Quatre
Fleuves

© 1998 Editions Quatre Fleuves,
68 rue Jouffroy d'Abbans, 75017 Paris,
pour l'édition en langue française.
© 1998 Random House UK Limited, GB,
pour l'édition originale.
Texte de Jacques Pinson.
Illustrations de Peter Bowman.

Imprimé en Chine.

Isbn : 2-84196-086-2

Ce matin là, Titus se réveille
avec un grand bâillement.
« Allons debout, gros paresseux,
viens prendre ton petit déjeuner »,
lui dit Sissi son amie la souris.

Sissi partie, Titus se retrouve seul :
« Quel silence ici, soupire-t-il,
je vais m'ennuyer toute la journée.

J'aimerais tant me promener dehors
sous ces grands arbres.
Ce doit être passionnant.

Pffuit ! un courant d'air et me voici dehors.
Quelle chance, il fait beau !
Bonjour, monsieur l'escargot !

Je me demande où va cette libellule.
Suivons-la !
Eh, pas si vite mademoiselle !

Oh ! Mais c'est un vrai paradis !

C'est si agréable de canoter
sur l'étang...

... ou de prendre un bain de soleil
allongé sur un nénuphar.

Hum, je crois que j'ai pris la place
de cette grosse grenouille.

Heureusement je sais nager,
comme tous les oursons.
Mais que m'arrive-t-il?

Merci beaucoup monsieur le poisson.
Je pense que je serai plus en sécurité
sur la terre ferme.

Pouf! Quelle chaleur!
Je vais me reposer un peu
à l'ombre de cette grotte.

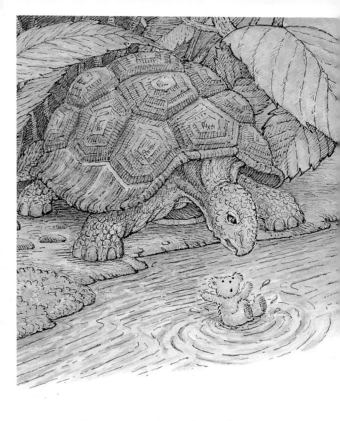

Excusez-moi madame la tortue !
Je ne voulais pas vous déranger !

Hmm ! Que c'est doux, que c'est chaud !
C'est exactement ce qu'il me faut
pour me sécher.

Pardon monsieur le lapin !
C'est donc à vous cette serviette de bain ?

Me voici dans une mauvaise
posture ! Je suis coincé !
Qui viendra me délivrer ?
A l'aide !

Merci, gentil écureu
Grâce à toi je peux continu
mon voyage.

Mais comment descendre de l'arbre
sans me faire mal?
Je n'ai pas d'ailes!

Hourra ! Je tourbillonne
comme une hélice !
Que c'est drôle !

Oh, voici la pluie,
il faut que je trouve un abri...

Il pleut fort maintenant.
Je pense qu'il est temps de rentrer à la maison.

Mais où est le chemin du retour?
Je suis perdu!

Au secours !
Il fait noir, je suis tout petit, tout petit
et j'ai peur !

- Enfin, te voilà Titus ! Il y a des heures
que je te cherche partout, dit Sissi la souris.

- Tu sais, Sissi, j'ai fait un grand voyage
et il m'est arrivé plein d'aventures ! Mais...

... c'est si bon de se retrouver à la maison !

- Bonne nuit Titus, mon tout petit ourson. »